설악학원,
그 봄 그 겨울

순수함이 살아있던 마지막 골짜기에서 피어난 이야기

설악학원, 그 봄 그 겨울

A True Story

고창일 지음

좋은땅

폐허의 교정에서

칠십을 훌쩍 넘긴 지금,
나는 다시 설악산 기슭 옛 설악학원 교정 자리에 서 있다.

잡초가 뒤덮은 운동장,
허물어진 교실,
비바람에 삭아 버린 책걸상 몇 개.

겉으로는 모든 것이 사라졌으나,
내 귀에는 여전히 아이들의 합창이 메아리처럼 살아 있다.
칠흑 같은 밤길을 걸으며 함께 부르던 교가,
가느다란 호롱불 아래에서 들리던 떨리는 목소리들.

사라진 것은 건물이었을 뿐.

내 마음속 설악학원은 지금도 작은 등불처럼
타오르고 있다.

[폐허가 된 설악학원 교정에 잡풀 사이로
책걸상과 허물어진 교실이 서 있다.]

그 불빛은 반세기가 지난 오늘까지도
나의 긴 여정을 밝혀 온 등불이었다.

그 시절을 함께 품었던 산과 계곡도 여전히 제 모습을 지
키고 있다.

계곡 물소리는 반세기 전과 다름없이 흐르고, 그 바람결 속에서 나는 지금도 아이들의 합창을 듣는다. 세월은 흘렀으나, 내 마음에 남은 것은 변치 않는 그 눈빛과 웃음이었다.

설악학원(군 막사)과 군인 선생님들.
사진 오른쪽 두 번째 목도리 두른 이가 저자.
저자의 70회 생일, 자녀들이 저자를 위해 발간해 준
"Life without Regret"에 수록된 사진.

설악학원 1, 2학년 백담사 소풍(3학년 수학여행 기간 중).

목차

제1부

내설악의 아이들과 첫 만남

[호롱불 빛에 의지한 박사 N심의 칠판과 긴 책상]

1972년 봄.

나는 군인의 몸으로 강원도 인제군 내설악 입구 마을, 용대2리에 발을 디뎠다.

그곳은 세상과 동떨어진 오지였다.

봄이면 눈 녹은 계곡물이 쏟아져 흐르고,

여름에는 숲이 짙은 녹음으로 하늘을 가렸다.

가을이면 단풍이 골짜기를 물들이고,

한겨울 12월이 되면 덕장에 명태가 걸렸다.

매서운 칼바람 속에 얼어붙은 명태는

이 마을의 겨울을 버티게 하는 소중한 생계였다.

전기도, 상수도도 닿지 않는 땅.

허물어질 듯한 초가와 흙담, 비바람에 기운 지붕이

55호 남짓 듬성듬성 흩어져 있었고,

산골마을은 겨우 생계를 이어 가고 있었다.

낮이면 주민들은 산에 올라 약초를 캐고,

덕장에서 명태를 말리며 하루 벌이를 이어 갔다.

아이들은 이곳 초등학교(분교)를 마치면 대부분 산으로,

혹은 부모의 일을 거들며 어린 시절을 흘려보냈다.

밤이 되면 세상은 고요 속에 잠겼다.

호롱불이 켜지고, 그 빛 아래서 들려오는 숨소리와 발자국 소리는 도시에서는 한 번도 듣지 못한 소리였다.

나는 그 낯선 고요 속에서,

군인에서 교사로 변해 가는 또 다른 삶의 문을 열었다.

* * *

설악학원은 정식 학교가 아니었다.

6 · 25 수복지의 주민 동향을 살피려

방첩부대가 세운 무허가 야학이었다.

낮에는 부모 일을 돕던 아이들이

밤이면 호롱불 불빛을 따라 학원으로 모여들었다.

군인 교사들도 낮에는 부대 임무를 수행하다가

밤이면 교사로 변신했다.

[아이들 실루엣과 호롱불 불빛, 밤길의 합창]

내가 사복 차림으로 그 교문을 처음 열었을 때,
아이들의 눈빛이 나를 둘러쌌다.
군복을 벗었다는 사실 하나만으로
그들에게 나는 군인이 아니라, 오직 선생님이었다.

설악학원은 중등 과정으로

1학년 9명, 2학년 11명, 3학년 5명.
군막사 두 칸이 교실이었고,
작은 별채는 기숙사 겸 3학년 교실이었다.

정식 교과목은 영어, 수학, 국어, 사회였지만
내가 부임하면서 음악을 추가했다.
그리고 우리는 버젓이 교가도 있었다.

"우뚝 선 설악산 정기를 받고, 우리는 높이 날으리라—"

고려대 응원가에 가사를 붙여 만든 노래였다.
오후 다섯 시 반, 수업이 시작되기 전
우리는 설악산 정상을 향해 목청껏 이 노래를 불렀다.
그 순간만큼은 세상 어디에도 뒤지지 않는 학교가 되었다.

첫 3학년생 다섯 명은 지금도 눈에 선하다.

성룡이는 우직한 큰형으로 얼굴이 검게 그을려 언제나 산골의 햇빛을 안고 다니는 듯했다. 키가 크고 체격이 좋아 선머슴처럼 보였지만, 말소리는 얇고 떨려 의외의 수줍음을 드러내는 아이다. 누군가 이름을 부르면 대답보다 먼저 두 뺨이 붉어졌고, 친구들 앞에서 글을 읽을 때면 손끝이 자주 떨렸다.

2학년생인 동생 영희와는 늘 함께였다. 손을 잡고 학원에 오고, 노래 시간에도 나란히 서 있었다. 성룡이네는 독실한 크리스천 집안으로 언제나 성경을 같이했고, 덕장에서 명태를 말려 마을에서 제법 살림이 넉넉했지만, 성룡은 오히려 겸손했고, 동생을 챙기는 따뜻한 눈빛 덕분에 아이들 사이에서 자연스레 큰형 같은 존재였다.

순옥이는 또래 아이들과 달리 잠시 서울 근처 공장에서 일했던 경험이 있었다. 그래서인지 표정에는 알 수 없는 성숙함이 배어 있었지만, 웃음만큼은 여전히 어린아이 같았다. 수업시간에 이름을 불러 대답할 때면 고개를 숙인 채 귓불까지 빨개졌고, 노래를 부를 때는 목소리가 작아 잘 들리지 않았다. 그러나 뜻밖에도 글씨를 쓰는 손은 단단했고, 노트에는 늘 가지런한 글자들이 빼곡이 채워져 있었다.

그녀의 수줍은 웃음은 학원 교실을 가장 따뜻하게 물들이는 빛이었다.

순옥이의 노트는 늘 연필 가루 냄새가 났다. 글자마다 간격이 일정했고, o의 동그라미는 한 번에 끊지 않고 두 번에 걸쳐 조심스럽게 닫혔다. 노랫소리는 작았지만, 쉬는 시간 복도에서 혼자 흥얼거릴 때면 음정이 오히려 정확했다. 나는 가끔 칠판 지우개를 턱에 괴고 그 흥얼거림을 듣다가, 그 소리가 어쩌면 이 마을의 가장 작은 기도일지도 모른다고 생각했다.

병준이는 늘 기타를 둘러메고 다녔다. 외삼촌 집에 잠깐 놀러 왔다가 벌써 6, 7개월째 이곳에 눌러살고 있다. 쉬는 시간마다 줄을 뜯으며 곡조를 흥얼거렸고, 그 소리에 아이들이 모여들면 어깨를 흔들며 흥겹게 노래를 이끌었다. 성

적은 그저 그런 수준이었지만, 음악 앞에서는 누구보다 자신감이 넘쳤다.

줄이 끊기면 한참을 내려가 새 줄을 구해 와서야 다시 연습을 멈추지 않았던 아이.

명자는 또래보다 나이가 많아 스무 살을 바라보고 있었다. 그래서 아이들 사이에서는 언제나 언니, 누나로 불렸다.

수업 시간에도 늘 차분했고, 어린아이들이 장난을 치면 눈짓으로 제지하곤 했다. 그러나 그 무게감 뒤에는, 어쩌다 혼자 있을 때 보이던 허전한 눈빛이 숨어 있었다. 남몰래 흘리는 눈물을 선생님들조차 본 적이 드물지 않았다.

지금 생각해 보면, 명자는 아이들과 선생님을 잃을까 언제나 마음이 편치 않은 일상을 보낸 듯하다.

마지막으로 의성이는 언제나 허리를 꼿꼿이 세우고 대답했다. 이름을 부르면 "예!" 하고 군인처럼 큰 소리로 외쳤다. 그 습관은 부모님에게조차 같았다고 했다. 하루 등하굣길을 거의 네다섯 시간을 걸어야 되면서도 하루도 학교를

빠지는 일이 없는 아이였다. 장래 군 장교가 되는 게 유일한 그 아이의 꿈이었다.

의성이의 "예!"는 교실의 북소리였다. 멀리서도 그 소리가 들리면 모두의 시선이 문으로 갔다. 눈발이 거센 날에도, 그는 모자를 벗으며 등을 한 번 털고는 곧장 자리를 찾았다. 노트가 젖은 날이면 모서리부터 다림질하듯 손바닥으로 펴서 수업을 따라왔다. 꿈이란 게 때로는 허리를 세우는 일이라는 걸 의성이가 증명했다.

나는 영어와 음악을 맡았다.

특히 전기도 없는 밤, 호롱불 아래에서 아이들과 함께 부르는 노랫소리는 설악계곡에 메아리 쳐 퍼졌다. 아이들은 책상 위에 엎드려 단어를 따라 쓰다가도, 노랫소리가 시작되면 어느새 눈빛이 반짝였다.

그 순간만큼은 산골의 고단함도, 가난도, 어둠도 모두 사라지고 오직, 젊은 열정만이 교실을 가득 채웠다.

수업이 시작되고 어두워지기 시작하면 교실은 호롱불빛

으로 밝아진다.

창밖으로는 풀벌레 소리가 가득했고, 호롱불 불빛은 아이들의 눈망울에 고스란히 내려앉았다.

나는 그 눈빛에서 어떤 교과서보다 강렬한 배움의 의지를 읽었다.

내가 도착했을 때 학원에는 이미 세 명의 군인 교사가 있었다.

제일 고참인 신 하사님은 풍채가 좋고 활동적이었으나, 제대가 임박해 학원에는 큰 관심이 없는 듯했으나 그는 모교인 고려대 응원가 곡조에 "우뚝 선 설악산 정기를 받고~ 우리는 높이 날으리라"라는 가사를 붙여 설악학원 교가를 만들어 주셨다.

정 병장님은 동대문에서 문구 도매상을 하시던 분인데 제대와 동시에 결혼을 앞두고 있어 수학 과목에 열심이면서도 한편으론 결혼 준비에 바쁘셨던 분이다.

최 병장님은 독실한 크리스천으로 국어 과목을 맡으셨고, 특히 인근 예배당에서 목회일을 도우며 아이들에게도 성경 말씀을 자주 전해 주시곤 했다.

마지막으로 이 일병님은 학원에서 보유 중인 군용차 운전병으로 학원 관리까지 도맡은 살림꾼이었다.

수업이 시작되기 전 오후 5시.

나는 자전거를 몰고 아래 신작로로 내려간다.

멀리 용대1리쪽에서 다섯 명의 아이들이 허리춤에 가방을 끼우고 마중 나간 나를 위해 손 흔들며 소리 지르며 달려온다.

매일 만나는 아이들인데도 오랜만에 만나는 사이처럼 새롭다. 숨을 헐떡이면서도 붉게 상기된 얼굴로 모두들 허리춤에 있는 보자기 가방을 자전거에 싣는다. 나는 자전거로, 아이들은 뜀박질로 서로 이기려고 혼신을 다하곤 했다.

수업이 끝나면 아이들과 함께 칠흑 같은 신작로길로 아이

들 집에 바래다주었다.

먼 집에 사는 아이부터 시작해서 마지막으로 학교 앞에 사는 아이까지.

우리는 언제나 노래를 불렀다.

고래고래 목청 높여 교가와 음악 시간에 배웠던 노래 모두를 불러 댔다. 그 합창은 어둠을 밀어내는 등불 같았다.

마을 사람들은 "아이들 노랫소리가 들리면 마음이 환해진다"고 했다.

나는 그때 알았다.

설악학원은 비록 허술한 천막 같은 학교였으나,

어둠 속에서 반짝이는 존재였음을.

아이들과의 동행

[싸리 울타리 안에서 뛰노는 병아리를 바라보는 아이들]

오늘은 흘리(용대3리)에 사는 의성이가 제일 먼저 학교에 도착했다.

걸어서 두 시간 넘는 길인데, 오늘은 운 좋게 군 트럭이

태워 주었다 했다.

　의성의 하루는 늘 그렇다.
　아침엔 혼자 산에 올라 땔감을 지게에 가득 짊어지고, 점심 무렵 집에 내려온다.
　보리밥 한 그릇을 시든 열무김치에 비벼 넣고,
　곧장 가방끈을 졸라매고 또다시 두 시간여의 등굣길에 나선다.

　의성에게 설악학원은 탈출구이자 희망봉이었다.
　그는 늘 허리를 꼿꼿이 세우고, 관등성명을 외치듯 큰 소리로 대답했다.
　군인들 틈에서 살아온 습관이 몸에 밴 탓이지만,
　그 긴장된 모습이 늘 안쓰럽기도 했다.

　의성이의 책가방에서는 늘 나무 냄새가 났다. 산에서 내려온 길 위에 묻은 눈과 흙이 마룻바닥에 작은 물자국을 만들면, 그는 먼저 손수건으로 조심스레 닦고 자리에 앉았

다. 그 사소한 동작 하나가 교실의 질서를 세웠다. 배움이
란 어쩌면, 먼저 온 사람이 만드는 질서에서 시작되는지도
모른다.

* * *

그날 저녁, 학원에 낯선 손님들이 찾아왔다.
서울에서 백담사 산장에 묵으러 왔다가 길이 막혀,
우리 교실에서 하룻밤을 보내게 된 여대생 마흔 명.

우리는 수업이 끝날 때까지 기다려 달라 정중히 부탁했
고, 그 시간은 마침 음악 시간이었다.
칠판에 가사를 적고 아이들과 합창을 시작했다.

호롱불 두 개와 달빛이 어슴푸레 비추는 교실.
그 순간, 작은 막사는 공연장이 되었다.

창밖을 보니 사십여 명의 눈동자가 반짝였다.

여대생들이 창문 너머로 숨죽인 채 우리 수업을 지켜보고
있었다.

아이들은 더 큰 목소리로 노래했다.

어깨를 떨며, 온 힘을 다해.

그날 밤, 우리는 가난한 산골 아이가 아니었다.

작은 무대 위, 당당한 합창단이었다.

노래가 끝나자 창문 틈으로 박수 소리가 촘촘히 스며 들
었다. 낯선 관객 앞에서 아이들은 잠깐 어깨를 움츠리더니
금새 서로를 바라보고 웃었다. 박수의 온도는 한밤중의 서
늘함을 이겼고, 그 밤 교실 천장에는 오래도록 보이지 않는
별들이 반짝거리는 듯했다.

* * *

[숲길 옆 거푸집 위에 놓인 낡은 상여]

학원 옆 언덕에는 좁은 산길이 있었다.

땔감을 지고 오르내리는 이 길, 드물게 심마니들이 지나
가기도 했다.

그 길을 조금 오르면, 낯선 물건이 하나 있었다.

상여.

알록달록 칠이 바랜 채, 거푸집에 얹혀 있었다.

언젠가 떠날 이를 기다리듯 고요히.

나는 처음 그것을 보았을 때 섬뜩한 기운을 느꼈다.

아이들과 함께 지나갈 때면 괜히 눈길을 피했다.

마을 사람들 말로는 2~3년에 한 번쯤 사용된다 했다.

아이들은 속삭였다.

"선생님, 저 안에 귀신 있는 거 아니에요?"

나는 웃으며 말했다.

"아니다. 저건 사람의 마지막 길을 함께하는 물건이지, 두려워할 게 아니다."

그러나 내 마음속에도 설명하기 힘든 서늘함이 스쳤다.

그날 아이들과 함께 산을 오르다, 상여를 지나쳐 계곡길에 다다르니 풍경이 달라졌다.

햇살이 나뭇잎 사이로 쏟아지고, 새들은 소리 높여 노래 부르려고 난리가 났고, 계곡물은 크고 작은 바위에 부딪치며 세차게 흘러내렸다.

아이들은 금세 두려움을 잊고 노래를 흥얼거리며 장난을
쳤다.

나는 생각했다.

상여는 이 마을의 삶과 죽음을 동시에 보여 주는 상징이
었다.

낮에는 노래하고 뛰노는 아이들도 언젠가는 저 상여에 실
릴 날이 온다.

삶은 가난했지만, 지금 이 순간만큼은 빛나는 것이었다.

나는 다짐했다.

"이 아이들에게, 짧아도 빛나는 추억을 남겨 주자."

* * *

그 무렵, 학원에 새로운 바람이 불어왔다.

이화여대 봉사회 네 명이 자원봉사로 찾아온 것이다.

낯선 여대생들이 벽촌에 왔다는 소문은 순식간에 퍼졌다.

그날 이후 교실은 활기로 가득 찼다.

학생 수는 순식간에 25명에서 35명으로 늘었다.

낯선 산골짜기까지 올라온 여대생들의 모습은 아이들에게도, 우리에게도 신선한 충격이었다. 그들은 고운 머플러와 수수한 바람막이를 걸친 채, 활짝 웃으며 아이들에게 다가왔다.

"얘들아, 오늘은 우리랑 시 짓기를 해 보자."

그 말이 떨어지자 아이들은 호기심 가득한 눈빛으로 둘러앉았다.

여대생 선생님들은 검은 칠판 앞에서 해맑은 표정으로, 국어 수학 등 전 과목을 즐기듯 가르쳤고, 특히 영어는 그동안 아이들이 들어 보지 못한 원어민 수준의 발음으로 영어 선생인 나를 무안하게 만들었다.

또 음악 시간에는 아이들 선생님들 모두 함께 노래를 불렀다. 아이들의 힘찬 목소리에 피아노는 없었지만, 모두의 손뼉과 웃음이 장단이 되어 교실은 작은 합창 무대가 되었다.

어느 날, 여선생들은 아이들과 함께 내설악 깊은 골짜기로 야유회를 떠났다.

산자락에 돗자리를 펴고 둘러앉아 그들이 준비해 온 김밥을 다 같이 나눠 먹었다. 명자는 김밥 한 줄을 손에 꼭 쥐고 "이건 서울 맛이야"라며 감탄했다. 아이들은 도시에서 온 언니 누나들을 신기한 눈으로 바라보다가, 어느새 마음을 활짝 열고 재잘거렸다.

이화여대생들과의 만남은 아이들의 마음을 한층 넓혀 주었다. 낯선 세상과의 접촉은 아이들로 하여금 "우리도 언젠가는 서울을 가 보고 싶다."는 꿈을 키우게 했다.

"선생님, 또 올 거예요?"

"그럼, 약속할게, 꼭 다시 만나자."

그 약속은 훗날 수학여행에서 기적처럼 이어졌다.

서울 한복판에서 재회했을 때 아이들의 눈동자가 왜 그토록 반짝였는지,

그날의 햇빛이 대답해 주고 있었다.

몇 달이 흘러 추석이 다가왔다.

우리는 어떻게든 명절의 맛을 느끼기 위해서 토란국을 만들어 보았지만, 아무래도 고향의 맛을 대신할 수 없었다.

돌아갈 수 없는 집에 대한 그리움과 쓸쓸함이 마음속에 잔물결처럼 번져 왔다.

밤이 깊어 호롱불을 끄면, 귀 기울여도 들려오는 것은 계곡물 소리와 바람 소리뿐.

그 고요 속에서 마음은 더욱 고향을 향해 흔들렸다.

그런 우리에게 이웃들은 작은 정을 내어 주곤 했다.

한 줌의 나물, 한 접시 송편을 나누며 "멀리서 와 고생이 많다"는 말을 건네는 얼굴들은 낯설지만 따뜻했다.

그 속에 우리가 잠시라도 의지할 집과 고향을 대신하는 온기가 있었다.

추석날 저녁, 종수와 학범이가 학원으로 달려오더니,
"아버지가 꼭 선생님들 식사하러 오시라 하십니다."
그들의 두 눈은 어린아이 특유의 기대와 설렘으로 반짝였다.

형편이 더 어려운 종수네 집을 찾았을 때, 우리는 비로소 산골의 추석 밥상을 마주했다.
종수의 아버지는 마른 얼굴에 주름이 깊게 패였지만, 웃음만큼은 누구보다 환했다.
"이렇게 귀한 걸음 해 주셔서 고맙습니다. 자, 많이 드십시오."
그 환한 웃음은 밥상 위에 놓인 소박한 음식보다 더 큰 잔치였다.

방 안에는 작은 밥상이 놓여 있었고, 그 위에 송편과 함께 토란국 대신 김이 모락모락 나는 만둣국이 차려져 있었다.

종수 어머니는 문가에 앉아 아기를 돌보며, 우리가 숟가락을 들 때마다 기쁨 어린 눈빛으로 바라보았다.

만두 속에는 고기 한 점 없이 시래기 우거지만 가득했다.

그러나 그 국물 속에는 가난을 넘어서는 정성과 진심이 담겨 있었다.

우리는 말없이 국물을 떠넣었다.

허기진 배보다 먼저 채워진 것은 마음이었다.

짠내와 연기로 가득한 산골의 좁은 방이었으나, 그날의 따스함은 어떤 연회보다 더 풍성했다.

저녁노을이 마을 지붕 위로 붉게 번져 갈 무렵, 종수네 가족은 대문 앞까지 나와 우리를 배웅했다.

"또 오십시오!" 손을 흔들며 웃는 얼굴들, 구부정한 허리로 연거푸 인사하는 아버지의 모습.

그 순간, 돌아갈 고향은 멀리 있었지만 마음은 이미 고향에 닿아 있었다.

그날의 시래기 만둣국은 내게 고향보다 따뜻한 추석을 안겨 주었다.

세월이 흘러도, 그 소박한 밥상 위에 담겨 있던 정만은 결코 잊을 수 없으리라.

[완행버스가 오가던 도로 코너의 창남이네 잡화점]

우리 학원에서 20여 미터 산밑으로 내려가면 서울-속초 왕복 도로가 나오고 바로 길가에 창남이네 신혼부부가 매표소와 조그만 잡화점을 하고 있었고, 창남이네 코너 오른쪽 길이 백담사를 올라가는 유일한 길이었다. 창남이네 부부는

30대로 결혼 몇 년 안 된 신혼부부로 두 분 다 그렇게 순박하고 착할 수가 없었다. 양쪽 부모의 경제적 지원은 전혀 없이 두 청춘이 얼떨결에 이곳에 정착해 조심조심 하루하루를 살아가는 듯했다.

더욱이 창남이 아빠는 키는 크나 그렇게 건장한 편은 아닌데도 등산객의 짐을 메고 두세 시간 걸리는 백담사까지 짐꾼 노릇을 하며 돈을 벌었다.

나는 가끔 집이 그리울 땐 그 가게에 가서 서울에서 오는 완행버스를 멍하니 쳐다보면서 상념에 젖곤 했다.

마지막 밤 버스가 코너를 돌 때면, 창남이네 유리문이 덜컥거렸고, 그 소리에 가게 안의 호롱불이 미세하게 흔들렸다. 우리는 때때로 그 흔들림을 바라보며 다음 계절을 이야기했다. 버스 차창에 비친 얼굴들은 대부분 낯선 사람들이었지만, 그 낯섦이 우리에게도 길이 있다는 것을 알려 주었다.

창남이네는 표 없이도 꿈을 예매할 수 있는 작은 창구였다.

창남이네 가게 옆집은 80대쯤 되어 보이는 노인 내외가 사시는데 여름철에는 한두 달 막국수를 파신다.

우리 선생들은 수업이 끝난 밤 가끔 막국수를 사다가 막국수 파티를 하곤 했는데 막국수 양이 다른 집 막국수의 거의 두 배 정도로 많다. 그 집에는 장성한 군인 아들이 있었는데 양구 전방부대에서 근무하다 지뢰에 몸을 크게 다쳐 오랫동안 병원 신세를 지고 있다는데 착한 며느리 덕에 머지않아 곧 회복할 거라는 소식도 들었다.

[학원 입구 곁, 검게 그을린 권 선생과 따뜻한 아내]

막국수집 바로 건너 권 선생이라는 나이 오십 대 후반 내외의 부부가 있는데 이분들은 농사도 짓지 않고 아무 일도 안 하는데 이 동네에선 제일 부자라는 소문이 있다. 부인은 순박한 시골 여인다웠으나 권 선생은 산도둑처럼 검고 우직하고 덩치가 크고 말이 없는 편이다.

소문으론, 얼마간의 돈으로 마을 사람들에게 이자놀이를 한다는 얘기도 들렸다. 그래도 자주 학원에 올라와 동네 이야기를 들려주고 아이들 사정을 궁금해했다.

물질적 도움은 거의 없었지만, 그의 무뚝뚝한 안부가 오히려 든든할 때가 있었다. 권 선생은 가끔 눈을 가늘게 뜨고 작은 운동장을 바라보았다. 그 시선 끝에 아이들이 뛰어다니면, 그의 입가가 아주 조금 올라갔다. 말수는 적었지만, 그 작은 미소 하나가 마을의 온도를 한 칸 올렸다. 도움이라는 말이 반드시 돈으로만 번역되지 않는다는 걸, 우리는 권 선생의 무뚝뚝함에서 배웠다.

제3부

서울 수학여행과 특별한 추억

[헌병 검문에 긴장한 채 버스 안에 앉아 있는 아이들]

서울에 대한 동경은 곧 수학여행이라는 이름으로 모아
졌다.

누군가는 경복궁을, 누군가는 창경원의 동물원을 이야기
했다. 아이들의 작은 바람은 점점 모두의 꿈으로 자라났다.

하지만, 문제는 돈이었다.

머리를 맞댄 끝에, 아이들은 각자의 집에서 병아리를 한 마리씩 가져왔다. 3학년 교실 옆 빈터에 싸리 울타리를 치고, 그 안에 병아리 스물여덟 마리를 풀어놓았다.

싸리 울타리 안에서 노란 깃털들이 뛰노는 모습은, 아이들의 꿈이 깃털을 달고 날갯짓하는 듯 보였다.

쉬는 시간이면 아이들은 울타리 곁에 모여 앉았다.

병아리에게 이름을 붙이고 노래를 불러 주었다. 삐약거리는 소리는 단순한 울음이 아니었다. 서울로 가고 싶다는 간절한 꿈의 울림이었다.

그러나 여러 번 들개의 습격, 병으로 절반 이상을 잃었을 때 아이들은 울며 밤을 지새웠다.

끝내 여섯 마리가 어미 닭으로 자라났고,

그 닭을 팔아 마련한 돈은 서울행 버스표로 바뀌었다.

* * *

마침내 출발의 날.

아이들은 설렘과 두려움이 뒤섞인 얼굴로 완행버스에 올랐다.

상봉터미널까지 일곱 시간.

그 사이 헌병 검문이 여섯 차례 있었다.

건장한 헌병이 내 어깨를 툭 치는 순간,

아이들의 눈동자가 공포로 흔들렸다.

"보안사 직원입니다. 학생들 데리고 수학여행 가는 길입니다."

담담히 말했지만 손바닥은 젖어 있었다.

정적 끝에 헌병은 무심히 손짓하며 내려갔다.

버스 안에는 고요가 번졌고, 곧 안도의 숨소리가 흘렀다.

버스는 굽이마다 다른 풍경을 덜컹덜컹 실어 날랐다. 아이들은 차창에 이마를 대고 지나가는 표지판을 소리 내어 읽었다. 낯선 지명의 발음이 입안에서 어색하게 굴렀다. 그 어색함이 곧 설렘으로 바뀌었다.

창밖의 세상은 여태껏 배운 글자들의 넓은 풀밭 같았다.

* * *

[남산 기슭 여관방에서 도시락을 나누는 아이들]

서울.

마침내 우리는 서울 상봉터미널에 도착했고, 거기에서 여대생 4명이 우리를 반갑게 맞아 주었다.

우리는 당초 협의한 대로, 여학생인 명자와 순옥이 두 명은 여대생 집에서 돌아가면서 자기로 했고, 남학생 3명은 나와 함께 우리 집 근처 후암동 어느 여관에서 묵기로 했다. 마침 우리 집이 수리 중이었고 아침, 저녁식사는 누나께서 일일이 가져다주셨다.

다음 날 아침,

그 당시 대형 화재로 가림막 공사 중인 대연각호텔 앞에서 여학생 일행과 만나기로 하고, 우리는 그 계단에 앉았다.

그런데 놀라운 것은, 학원에선 그렇게 까불던 아이들이 서울 모습에 주눅이 들었는지 어느 누구도 말 한마디 없이 고개만 숙이고 있었다.

허공만 바라보는 명자, 어깨를 웅크린 성룡, 심지어 기타쟁이 병준이조차 침묵했다.

나는 일부러 병준의 기타를 잡아들고 학원 교가를 큰 소리로 불러 대기 시작했다. 아이들은 내 목소리에 용기를 얻은 듯 이내 합창으로 따라 불렀다.

"우뚝 선 설악산 정기를 받고~"

길 가던 젊은 남녀들이 호기심에 가득 찬 눈빛으로 우리를 쳐다보고 웃음을 지어 보였지만, 우리는 아랑곳하지 않고 목청껏 노래했다.

서울 한복판에서 부른 그 교가는, 아이들에게 낯선 두려움을 떨쳐내는 주문 같았다.

첫 일정은 이화여대 캠퍼스였다.

고풍스러운 건물 앞에 서자 아이들은 숨을 죽였다.

하얀 기둥과 붉은 벽돌이 마치 성처럼 우뚝 서 있었고, 그 위로 푸른 담쟁이가 길게 뻗어 있었다.

명자는 꽃이 곱게 핀 화단 앞에서 발길을 멈추고 한참을

서 있었고, 성룡은 여대생 선생님의 팔짱을 끼며 사진을 찍었다.

순옥은 내 손을 꼭 잡고, 놓을 줄 몰랐다.

마중 나온 교수님이 성룡을 교사로 착각하자,
아이들은 한바탕 웃음을 터뜨렸고,
그 웃음 뒤에는 은근한 자부심 같은 것이 배어 있었다.

짧은 시간이었지만,
아이들은 처음으로 '서울 학생이 된다면 어떤 기분일까'
하는 상상을 품게 되었다.

간단히 요기를 한 뒤,
우리는 버스를 갈아타고 창경원으로 향했다.
창경원에 들어서자마자 아이들의 눈빛은 순식간에 달라졌다.
넋을 잃은 듯 커진 눈,

쏟아지는 말들,

빨라진 걸음걸이.

마침내 그림책에서만 보던 동물들과 마주하자, 아이들은
몸을 부르르 떨었다.

호랑이가 울부짖자 순옥은 두 손으로 얼굴을 감쌌고, 의
성은 두 눈을 동그랗게 뜬 채 한참을 얼어붙어 있었다.

명자는 "살아 있네…" 하고 중얼거리다 이내 까르르 웃음
을 터뜨렸다.

병준은 곰 우리 앞에서 흥얼흥얼 노래를 불렀다.

설악산 깊은 골짜기에서 자란 아이들에게, 창경원은 하나
의 거대한 동화책이었다.

아이들은 경복궁 이야기를 늘 입에 올렸지만, 그곳은 일
정에 없었다.

대신 창경원의 호랑이와 사자는, 경복궁보다 더 강렬하게
아이들의 기억에 새겨졌다.

시간 가는 줄 모르던 아이들을 겨우 달래 창경원을 나왔다.

명자와 순옥은 여대생 집으로 돌아가고, 남학생들은 여관으로 향했다.

밤이 되어도 아이들은 호랑이와 곰 이야기를 멈추지 못했다.

지친 몸이 쓰러져도 마음은 여전히 서울 한복판을 헤매는 듯했다.

셋째 날, 우리는 대연각호텔 앞에서 또 모였다.

아이들은 어제와 달리 당당히 학원 교가를 불렀다.

횡단보도 건너편에서 여학생들이 "우리도 높이 날으리라~" 하고 화답하자, 거리 한복판은 우리만의 작은 합창 무대가 되었다.

명동 거리는 이른 아침인데도 사람들로 붐볐다.

우리의 걸음마다, 사람들은 호기심 섞인 미소를 보냈다. 마치 고향에서 막 올라온 어린 동생들을 바라보듯 따뜻한 시선이었다.

코스모스 백화점에서 처음 에스컬레이터에 오른 아이들
이 서로 등을 밀며 주저하다가, 발을 올리자 껑충 뛰며 웃음
을 터뜨렸다.

엘리베이터가 순식간에 빌딩 꼭대기로 치솟자 의성은 "이
거 마술 아니에요?" 하고 소리쳤다.

명동 골목골목을 누비며 아이들은 서울의 빛과 소리를 온
몸으로 받아들였다.

마지막으로 들른 칼국수 집에서, 우리는 여대생 선생님들
에게 감사 인사를 드리며 송별 자리를 가졌다.

그날 밤, 여관방에 누운 아이들은 각자 소감을 말했다.

"사람이 이렇게 많은 줄 몰랐어요."

"빌딩이 너무 많아 어지럽네요."

"그래도 호랑이가 제일 기억나요."

"엘리베이터, 그건 진짜 잊을 수 없어요."

이야기는 밤늦도록 이어졌지만,

피곤이 몰려오자 아이들은 하나둘 곯아떨어졌다.

그러나 꿈속에서도, 그들의 눈동자에는 새로운 세상이 반짝이고 있었다.

서울의 불빛은 아이들의 눈동자에서 오래 남았다.

명동의 유리창에 비친 우리 모습은 잠시 어색했지만, 돌아오는 버스 안에서 아이들은 창문을 거울 삼아 스스로를 들여다보았다.

"우리도 갈 수 있네요."

누군가의 속삭임은 이미 도착한 사람의 목소리처럼 힘이 있었다.

아이들의 눈동자에는 새로운 세상이 각인되었다.

그날 이후,

그들은 더 이상 설악에만 갇힌 아이들이 아니었다.

노래와 함께,

세상을 향해 열린 존재였다.

제4부 ─────────────

설악학원의 마지막 나날들

설악학원 제1회 졸업식.

[단상 위 은희의 송사에 눈물 훔치는 학부모들]

1974년 2월 18일, 드디어 우리 설악학원 제1회 졸업식 날이 밝았다.

명자, 순옥, 성룡, 병준, 의성—세 해 동안 밤마다 어둠을 뚫고 찾아온 그 다섯 아이들이 드디어 야학의 마지막 교정을 밟게 되었다.

우리 네 명의 군인 선생들은 이 졸업식만큼은 소박하되 기억에 남는 의식이 되게 하고 싶었다.

그래서 열흘 전, 가까운 용대초등학교 분교의 졸업식을 일부러 다녀왔다.

비록 초청은 받지 못했지만, 단정한 사복을 차려입고 조심스레 교실 뒤편에 섰다.

졸업생은 열 명 남짓, 여선생님은 세 분.

풍금 한 대가 교실에 놓여 있었고, 천장에는 색 바랜 만국기가 가지런히 걸려 있었다.

졸업식은 조용히 흘렀고, 송사도 답사도 마치 의무처럼 단조롭게 진행되었다.

학부모들은 식이 끝나자마자 자녀의 손을 잡고 조용히 교실을 빠져나갔다.

　우리는 교실 한쪽에 세워진 풍금을 바라보며 우리 학원 졸업식에 잠시라도 빌려올 수 있을까 생각도 해 보았지만, 그렇게 차분하고 건조한 분위기라면, 차라리 우리 식대로 해 보자 싶었다.

　그들에게 졸업식은 형식이었지만, 우리에게는 삶의 전환점이자, 한 편의 장엄한 드라마였다.

　며칠을 고민 끝에, 나는 멀리 군단에 근무하시는 이모부를 통해 사단 보안부대 소령님과 어렵게 연결되었다.

　자초지종을 말씀드리자, 소령님은 단 한마디만 건네셨다.

　"알겠네."

　졸업식의 송사는 2학년 은희가, 답사는 3학년 성룡이가 맡기로 했다.

　나는 한 달 전부터 글을 쓰고, 읽는 법까지 직접 지도했다.

　무겁고 절절한 문장으로 감정을 끌어올렸고,

신파조라는 말도 들을 만큼,

아이들에게는 마치 연극의 주인공처럼 그 순간을 살아 보도록 훈련시켰다.

그리고 마침내, 1974년 2월 18일 오전 11시.

이른 아침 8시부터 마을이 웅성이기 시작했다.

설마설마했는데, 커다란 군용 트럭에서 색소폰, 드럼, 그리고 커다란 수자폰까지 갖춘 군악대 10여 명이 내리는 것이 아닌가.

졸업생보다 두 배가 많은 인원이었다.

마을 분들, 학부모들, 동네 아이들까지 몰려들며 우리 작은 교실은 순식간에 사람들로 가득 찼다.

옆 교실까지 문이 열리고, 거기마저도 발 디딜 틈이 없었다.

면장님, 보안부대장님, 우체국장님, 이장님까지 모두 오셨다.

교실은 어느새 시골 마을에서는 좀처럼 보기 드문 '작은 예식장'이 되어 있었다.

식이 시작되자, 색소폰 병사가 〈올드 랭 사인〉을 조심스럽게 불기 시작했다.

소리가 벽에 부딪히며 크게 울리긴 했지만,

그조차도 어느 순간부터 졸업식의 감정을 북돋우는 울림이 되어 주었다.

그리고, 은희가 단정한 교복 차림으로 앞으로 나왔다.

조용히 고개를 숙였다가, 떨리는 목소리로 송사를 읽어 내려갔다.

"어둠을 헤치고 오던 밤길이, 이제는 한 줄기 빛으로 바뀌려 합니다…"

그 순간, 교실 여기저기에서 억눌린 울음소리가 들려오기 시작했다.

곧이어, 훌쩍임은 통곡으로 번졌다.

누군가는 손수건으로 얼굴을 가리고, 누군가는 입술을 깨물고 울음을 참으려 애썼다.

이어서 성룡이가 답사를 낭독했다.

목소리는 약간 떨렸지만, 그의 말에는 진심이 담겨 있었다.

아이들은 글을 읽는 것이 아니라,

자신의 삶을 고백하는 듯했다.

졸업식이 끝난 뒤에도 학부모님들은 쉽게 자리를 떠나지 못했다.

많은 분들이 여전히 눈물을 훔쳤고,

군복을 입은 우리들에게 다가와 껴안고, 등을 두드려 주었다.

면장님은 고개를 깊이 숙이며 말씀하셨다.

"이렇게까지 해 주실 줄은 몰랐습니다. 정말 고맙습니다."

우체국장님은 연신 눈시울을 훔치시며,
엄지손가락을 우리에게 치켜세우셨다.

식이 끝났는데도,

학부모님들은 교실에 오랫동안 그대로 계셨다.

눈물을 글썽이면서…

그날, 설악학원은
풍금도, 전기조명도, 예쁜 장식도 없었지만
세상 그 어느 학교보다 아름답고 숭고한 졸업식을 치러
냈다.

그리고 우리 모두는 알았다.

그 졸업식은 단지 아이들의 학업을 끝내는 날이 아니라,

이 가난한 마을과 그 부모님들의 가슴속에 꺼지지 않을
빛을 새기는 날이었다는 것을.

졸업장에 적힌 이름들을 한 번 더 불러 주자, 교실은 조용
히 떨렸다. 이름은 그 사람의 첫 노래라는 걸, 우리는 그날
배웠다. 장식을 대신한 것은 서로의 눈물과 포옹뿐이었지
만, 그 어떤 꽃다발보다 오래가는 향기가 교실에 남았다.

[다시 만날 날을 기약하며, 설악학원을 떠나는 날]

그리고 꼭 두 달 후, 1974년 3월 17일.

설악산은 온통 하얀 눈 속의 동화마을이었다.

제대를 앞둔 나를 위해 아이들은 겨울방학 중에도 교실로 모였다.

누군가는 고구마를 쪄 왔고, 누군가는 손편지를 내밀었다.

종수 어머니는 지난번 우리가 맛있게 먹었다며 시래기 만두 한 솥을 보내 주셨고,

성룡과 영희의 어머니는 십자가 무늬가 수놓인 벙어리장갑을 손수 떠서 내 손에 끼워 주셨다.

작은 선물 하나하나가 가슴을 데웠다.

마지막 밤, 우리는 불을 끄고 조용히 서로의 손을 잡았다. 섣부른 위로 대신 서로의 체온만으로 충분했다.

떠나는 아침, 포대자루 같은 배낭을 메고 서자 아이들이

물었다.

"선생님, 다시 오실 거죠?"

나는 대답 대신 노래를 시작했다.
"우뚝 선 설악산 정기를 받고~ 우리는 높이 날으리라~"

아이들은 울음을 삼키며 따라 불렀다. 눈물과 목소리가
뒤섞인 합창은 설악산 능선을 넘어 멀리 울려 퍼졌다.

바람은 차가웠고, 손끝은 뜨거웠다.
그 모순이야말로, 우리가 나눈 마지막 약속이었다.

눈발 사이로 보인 아이들의 얼굴이 점점 작아질수록, 노
랫소리는 오히려 더 크게 들렸다.
떠남은 끝이 아니라, 서로의 안에서 계속 남는 다른 방식
의 만남이라는 걸 우리는 그날의 후렴으로 배웠다.

그 후의 이야기

내가 떠나온 지 불과 1년 7개월 만에, 설악학원은 문을 닫았다 한다. 소식으로는 부대장께서 학원을 폐쇄하고 군인들은 원부대로 복귀하여 군인 본연의 임무로 돌아가라 했단다. 한순간에 여러 해 키워 왔던 꿈이 무너져 버린 것이다. 마을 어르신 어느 누구도 항의 한 번 없었다고 한다.

그냥 하루아침에 아무 소리 소문 없이 사라지게 된 것이다.

그 소식을 나는 떠나온 지 3년쯤 돼서야 나를 찾아온 성룡이에게 들었다. 성룡이는 우리가 만들어 준 졸업장을 가지고 어느 기독교대학에 입학했다 한다. 우리 학원이 정식 인가도 받지 않았는데 어떻게 그 대학에 입학했는지 애써 묻지 않았고 가평 어느 조그만 교회에 전도사로 간다는 얘기를 들었다.

우리는 북적이는 남대문 시장 안 닭개장 집에서 마주 앉아 반가움 속에 진로 이야기를 나누며 아이들 소식을 조금씩 전해 들었다.

명자는 속초 어느 곳으로 시집간다 했다. 침착하고 이해심 많던 맏언니다운 모습 그대로였다. 의성이는 아버지를 농약 사고로 잃고, 어머니 곁에서 농사일을 도맡았다 했다. 기특하면서도 안쓰러웠다. 몇 년 후 군대는 가겠지만, 장교가 되겠다는 꿈은 없는 것 같다 했다.

순옥이는 졸업하자마자 강원도 어느 공장에 취업해 떠났고, 병준이도 외삼촌 집을 떠나 자기 집으로 돌아간 후 아직까지 어떤 소식도 없다 했다.

내가 학원을 떠나온 후 얼마 지니지 않이 학생 수가 반으로 줄었다 한다. 군인 선생님들이나 학부모 그리고 동네 어르신들 모두 학원에 대한 관심이 점차 사그라져 가고 있다고 했다.

그날 군인 선생 복귀 명령이 떨어진 날도 학부모 모임도 없이 학생들에게만 그 사실을 통보하고 끝냈다 하니 우린 서로 감정 표현도 없이 막막한 심정으로 애꿎은 밥만 축내고 있었다.

우리는 그곳을 나와 후암동 내 집에 같이 가서 밤늦도록 이야기를 나누었다.

이이들은 저마다 흩어져 각자의 길을 걷고 있지만, 언젠가는 모두 모여 고향을 지킬 것이라는 그날 성룡의 기대 속에서 나는 여전히 설악학원의 봄을 보았다.

오랜 세월이 흘러 나는 설악학원을 찾았다.

어젯밤 묵은 민박집의 주인 여인은 나에게 말했다.
"30년 전 이 마을로 시집와서 들었어요. 옛날엔 군인들이 와서 학교를 세우고, 야학을 했다고 하더라고요. 저는 본 적은 없지만요."
그녀의 말에 덧붙여, 전두환 대통령이 백담사에 은둔하면

서부터 이 마을은 관광지로 떠올랐고, 그즈음부터 외지인들이 몰려들어 민박과 산채비빔밥 식당들이 하나둘 들어서며 지금의 북적한 모습으로 바뀌었다고 한다.

그나마 유일하게 이 자리를 지키고 있는 사람은 창남이네 부부였다.

매표소 겸 잡화점을 운영하던 그 부부는 어느덧 팔순을 넘겼지만, 여전히 가게를 지키고 있었다. 창남이는 이미 40대 중반이 되어 장가를 가고, 두 아이의 아버지가 되었으며, 근처 산골짜기에서 송어 양식장과 매운탕 식당을 운영한다고 했다.

그때, 머리가 새하얗게 센 창남이 아버지가 지팡이를 짚고 내게 다가와 반갑게 인사를 건넸다. 십여 년 전 방문 때보다 한결 노쇠해졌지만, 정신은 오히려 더욱 맑아 보이셨다.

우리는 가게 옆 방으로 들어갔다.

수줍은 듯 인사하는 창남이 어머니는 막걸리 한 사발과 묵무침을 내오셨고, 우리는 소박한 술상을 사이에 두고, 조용히, 천천히, 하나둘 추억의 조각들을 꺼내기 시작했다.

"이젠 다 떠났지요. 막국수집 노인 부부는 돌아가신 지 오래고, 앞집 권 선생네도 소식이 끊긴 지 오래예요. 지금은 외지인들이 들어와 민박과 식당을 차렸고, 우리만 남았지요."

그 목소리는 덤덤했지만, 그 안에 고향을 지켜 온 무게가 묻어 있었다.

[허름한 민박 마루에서 막걸리 잔을 맞부딪치는 두 사내]

창남이네를 나서자, 마을 끝자락에서 종수가 기다리고 있었다. 그 얼굴에는 어릴 적 눈망울이 아직도 남아 있었다. 종수는 군대를 다녀온 후, 고향에 눌러앉은 유일한 아이다. 허름한 민박집 마루에 마주 앉아 막걸리 잔을 부딪치니, 세월이 주름진 얼굴 사이로 옛 아이의 눈망울이 겹쳐 보였다.

"선생님, 모두들 떠났어요. 저만 여기 남아 농사짓고 있습니다."

소식은 쓸쓸했다.

전도사가 되었던 성룡이는 목사가 되어 봉사의 길을 걸었으나, 몇 해 전 암으로 세상을 떠났다고 했다.

순옥이도, 명자도, 병준이도, 의성이도 모두 뿔뿔이 흩어지고 그 후로는 아무도 소식이 없다 했다. "혹시 어려워서, 아니면… 잘되지 못해 나타나지 못하는 걸까요?"

"그럴 수도 있고, 부모들도 다 돌아가시고, 연이 끊긴 탓도 있겠시."

종수는 허전한 마음으로 살아간다 했다.

그리고 설악학원 뒤편 산길.

언젠가, 아이들과 두려움 반 호기심 반으로 지나치던 상여

자리는 얼마 있어 전혀 다른 풍경으로 바뀔 것이라고 했다.

서울–속초를 잇는 GTX 백담사 역사가 그곳에 들어선다
는 소문이 있다 했다.
버스로 일고여덟 시간 걸리던 길이 두 시간 남짓이면 닿
는 시대가 열린다 했다.

그 시절, 저녁이면 버스까지 끊겨 외딴섬이 되는 오지 중
오지가 어느덧 세상이 가까워지는데도, 아이들의 노래는 더
멀어지는 듯했다.

회상의 자리

설악산 골짜기를 떠난 지 반세기가 흘렀건만,

내 귀에는 아직도 아이들의 합창이 메아리처럼 울려 온다.

이름을 부르면, 성룡의 우렁찬 대답이, 순옥의 떨리는 목소리가,

명자와 병준, 의성의 반짝이던 눈망울이 바람에 실려 돌아온다.

세월은 변했어도, 기억은 변치 않았다.

계곡 물소리가 이어지듯, 그 시절의 울림도 내 안에서 끊임없이 이어진다.

설악학원은 사라졌으나, 그 작은 호롱불은 아직도 내 마음속에서 타오른다.

백담사로 향하는 길은 넓게 포장되어 관광객들의 발길이
끊이지 않았다.

산골짜기마다 펜션과 한옥 숙박집들이 들어서, 옛날의 그
을씨년스러운 풍경은 어디에도 보이지 않았다.

설악학원이 서 있던 자리는,

허물어진 흔적조차 남아 있지 않았다.

그저 잡풀만 무성했고, 아이들 웃음소리는 바람결에 실려
간 듯 묵묵한 적막만이 감돌았다.

나는 마음속으로 아이들 이름을 하나하나 불러 보았다.

성룡아, 순옥아, 명자야, 의성아, 병준아…

대답할 리 없건만, 눈가에 눈물이 고이고 목구멍이 메어
왔다.

그 아이들은 어디로 흩어져 살아갔을까.

누구는 가난에, 누구는 굴곡진 운명에 시달리며, 제대로
꽃피우지 못한 삶을 이어 갔을 터이다.

우리는 그들의 삶을 지켜 주지 못한 채, "제대의 꿈"에 젖어 허겁지겁 떠난 선생들이었다. 아이들을 남겨 둔 죄책감은 반세기가 지나도 여전히 내 가슴을 저민다.

그 시절 학부모들은 왜 자녀 교육에 그토록 무심했을까. 자식들의 미래보다 하루 끼니가 더 절실했기 때문이었을까. 그 어른들의 무관심 속에서, 아이들은 어쩌면 더욱 외롭게 우리를 붙들었는지도 모른다.

나는 오늘도 그날 밤의 메아리를 들었다.

"우뚝 선 설악산 정기를 받고, 우리는 높이 날으리라…"

칠흑 같은 어둠 속에서, 아이들의 목청은 여전히 생생히 살아 움직였다.

나는 눈을 감고 그 울림 속에 서 있었다.

허전함과 회한, 자괴감까지도 모두 껴안은 채,

마치 그 시절로 돌아간 듯,

여전히 교단에 서 있는 듯.

그리고 그 기억은,

이제 내 생애 마지막까지 꺼지지 않을 등불이 되리라.

헌사

[싱어 재봉틀 앞에 앉아 바느질하는 어머니와 어린 삼남매]

이 책을 나의 어머니, 이명희 여사께 바친다.

27세에 동란으로 홀로 되신 후, 재봉틀 하나로 삼남매를 키워 오신 어머니께서는 소학교만 나오셨지만, 그 어떤 지식인보다 삶의 원칙이 뚜렷하신 분이었다.

어머니는 매사 당당하셨으며, 주관이 뚜렷하셨으며, 특히 교육에 대한 집념이 강하셨다.

밤마다 멈추지 않던 재봉틀 소리는 내 삶을 지탱해 준 어머니의 숨결이었다.

어머니의 손끝에서 이어진 한 줄 한 줄의 실밥은 훗날 아이들의 합창으로 꽃피웠고, 그 합창은 내 삶의 가장 빛나는 노래가 되었다.

그 울림은 세월을 건너 지금까지도 내 마음속 호롱불로 타오르고 있다.

그리고 평생의 동반자, 아내 이혜선.

멀리 영국에 있는 딸 현수,

가까이 한국에 있는 아들 형백에게도 이 기록을 전한다.

그대들의 존재가 나의 길을 지탱해 주었고,
지난날의 추억은 오늘의 기록으로 이어질 수 있었다.

내 삶의 가장 눈부신 순간을
사랑하는 가족과 나누고 싶다.

그리고 이 책을 끝까지 읽어 주신 모든 이의 마음에도
그 노래의 메아리가 작은 울림으로 남아,
삶의 어느 길목에서든
희망과 온기를 지켜 주기를 소망한다.

설악학원,
그 봄 그 겨울

ⓒ 고창일, 2025

초판 1쇄 발행 2025년 12월 20일

지은이   고창일
펴낸이   이기봉
편집   좋은땅 편집팀
펴낸곳   도서출판 좋은땅
주소   서울특별시 마포구 양화로12길 26 지월드빌딩 (서교동 395-7)
전화   02)374-8616~7
팩스   02)374-8614
이메일   gworldbook@naver.com
홈페이지   www.g-world.co.kr

ISBN   979-11-388-5106-0 (03810)